LA ZAMPA DEL GATTO

GIUSEPPE GIACOSA

Texte et illustration de couverture : © domaine public
Edition : Culturea (Hérault, 34)
Contact : infos@culturea.fr
Retrouvez notre catalogue sur http://culturea.fr
Imprimé en Allemagne par Books on Demand
Design typographique : Derek Murphy
Layout : Reedsy (https://reedsy.com/)

Dépôt légal : janvier 2023
Tous droits réservés pour tous pays

ISBN : 9791041845873

COMMEDIA IN UN ATTO

3

PERSONAGGI

Marcello
Fabrizio
Livia
Anselmo, vecchio domestico di Marcello
Clemente, domestico di Fabrizio

La scena in casa di Marcello.

ATTO UNICO

Stanza da studio, vecchi mobili, molti libri, quadri e stampe antiche — Aspetto elegante.

SCENA I.

Marcello poi Anselmo.

Appena levato il sipario si ode di fuori una scampanellata.

MARCELLO (che stava scrivendo si alza)
Ah! finalmente! (lunga pausa) Che tempo ci mette! (suona due volte il campanello. Anselmo entra).
È la posta?

ANSELMO
No, signore. È venuto Clemente.

MARCELLO
A che ora arriva la posta?

ANSELMO
Verso le tre.

MARCELLO (guarda l'orologio)
È appena il tocco e mezzo. Va pure.

ANSELMO
C'è Clemente che dice...

MARCELLO
Chi è Clemente?

ANSELMO
Il domestico del barone Fabrizio.

MARCELLO
E che vuole?

ANSELMO
Ha detto di avvertirla che è venuto.

MARCELLO
Che è venuto chi?

ANSELMO
Che è venuto lui Clemente.

MARCELLO
A far che?

ANSELMO
Non lo so.

MARCELLO
Domandaglielo.

ANSELMO
Sissignore. (via)

MARCELLO
La mia lettera l'ha avuta ieri. Vediamo (guarda un orario delle strade ferrate)... ieri alle tre. Ha risposto subito di certo: impostando ieri sera, la risposta doveva arrivare stamane; mettiamo un corriere in ritardo... arriva oggi. (Anselmo torna) Che c'è?

ANSELMO
Ho domandato a Clemente.

MARCELLO
Ebbene?

ANSELMO
Non ha altro da dire. Il barone lo manda e deve consegnarsi arrivando.

MARCELLO
Fallo entrare.

SCENA II.

Marcello, Anselmo, Clemente.

ANSELMO (dall'uscio)
Clemente. (Clemente entra).

MARCELLO (a Clemente)
Che ordini vi ha dato il vostro padrone?

CLEMENTE
Mi ha ordinato di venir qui e di non muovermi fino a nuovo avviso.

MARCELLO
Qui?

CLEMENTE
Dal signor cavaliere di Lerici.

MARCELLO
Vi ha dato il mio recapito?

CLEMENTE
No, signore, non occorreva. Noi altri in diplomazia conosciamo sempre il recapito dei signori che hanno relazione coi nostri padroni.

MARCELLO
E non vi ha detto altro?

CLEMENTE
Altro. Il mio padrone però sembra persuaso che il Signor Cavaliere conosca la ragione della mia venuta.

MARCELLO
Ne so quanto voi, cioè niente affatto.

CLEMENTE
Con licenza del Signor Cavaliere io credo di saperne qualche cosa.

MARCELLO
Ebbene parlate.

CLEMENTE
In presenza di un domestico...

ANSELMO
Guarda!

MARCELLO
Siete molto circospetto!

CLEMENTE
Noi altri...

MARCELLO
... in diplomazia, ho capito, avete imparato a diffidare delle persone di servizio; e a quanto posso giudicare non avete torto. (ad Anselmo) Va di là.

ANSELMO
Sissignore. (via).

MARCELLO
Dunque?

CLEMENTE
Prometto che parlo per induzioni mie.

MARCELLO
Avanti.

CLEMENTE (sottovoce)
Si tratta di una donna.

MARCELLO
Di una donna! E come?

CLEMENTE
Le mie informazioni non vanno oltre.

MARCELLO
Sono poche. E da che argomentate che si tratti di una donna?

CLEMENTE
Da che il mio padrone mi ha dato del tu invece che del voi.

MARCELLO
Mio caro, l'abitudine diplomatica vi ha reso incomprensibile.

CLEMENTE
Il mio padrone mi chiama col voi per ordinarmi tutto ciò che riguarda le relazioni internazionali o l'esercizio delle mie funzioni, ma quando mi fa l'onore di iniziarmi ai suoi intimi piaceri, allora adopera il tu, come per fare appello al mio cuore, anzichè al sentimento del dovere.

MARCELLO
È sperabile che il vostro padrone verrà a chiarirmi la cosa; per ora andate di là in anticamera e intavolate il meno che potete di relazioni internazionali col mio domestico. (campanello all'interno) Ah!

CLEMENTE
Il Signor Cavaliere non può dubitare della mia discrezione.

SCENA III.

Detti, Anselmo e Fabrizio.

ANSELMO
Il barone di Turbia.

FABRIZIO
Addio, Marcello. (a Clemente) Ah sei qui? Bene prega questo bravo ragazzo (indicando Anselmo) che ti impratichisca un po' della casa.

ANSELMO
Impratichirlo...?

FABRIZIO
Andate, andate. È una cosa intesa...

ANSELMO (verso Marcello)
Ma...

MARCELLO
Dacchè te lo dice! (via Anselmo e Clemente).

SCENA IV.

Marcello, Fabrizio.

FABRIZIO
La presenza del mio domestico ti ha messo al fatto di tutto.

MARCELLO
Il tuo domestico parla in un modo tanto...

FABRIZIO
Solenne, non è vero? Ti dirò, è un bravissimo ragazzo, ma va così orgoglioso di servire un diplomatico che si tiene per poco meno di un ministro.

MARCELLO
Ciò non mi spiega...

FABRIZIO
Ti spiego subito. È inteso per oggi.

MARCELLO (non capisce)
Per oggi?

FABRIZIO
Sì, dalle tre alle sei, sei e mezza, mettiamo alle sette; anzi, tu hai un pendolo qui?

MARCELLO
Eccolo.

FABRIZIO
Ebbene se non te ne fa nulla lo metto in ritardo (eseguisce), è un'idea che mi è venuta per strada; caso mai essa gettasse gli occhi sul quadrante, che non affrettasse la partenza col pretesto che è tardi. Tu vai al Club?

MARCELLO
Io no.

FABRIZIO
Passeggi, fai delle visite?

MARCELLO
No.

FABRIZIO
Bene, farai quel che ti piace, questo non mi riguarda. Ora do un'occhiata in giro per orientarmi. Dove hai messo i fiori?

MARCELLO
Che fiori?

FABRIZIO
Non li hanno portati?

MARCELLO
Senti. È uno scherzo o una scommessa che hai fatto di venir qui a prenderti gioco di me?

FABRIZIO
Io no.

MARCELLO
Allora impazzisci.

FABRIZIO
Non credo.

MARCELLO
O impazzisco io, perchè non intendo nulla nè di quello che dici, nè della venuta del tuo domestico, nè della tua, nè de' tuoi modi, ed è un'ora che mi tieni sulla gruccia.

FABRIZIO
Se ti ho detto che è fissato per oggi!

MARCELLO (impazientito)
Che cosa?

FABRIZIO
Il giorno che mi fai padrone posticcio della tua casa, e tu sgomberi come hai promesso.

MARCELLO
Io ho promesso!?

FABRIZIO
Ieri l'altro.

MARCELLO
Ho promesso!?

FABRIZIO
Oh bada, non fai più in tempo a disdirti. C'è di mezzo una terza persona, una donna, la quale sarà qui alle tre e non deve trovarci nè te nè il tuo domestico.

MARCELLO
Una donna in casa mia!

FABRIZIO
Non sarà la prima.

MARCELLO
Sarebbe la prima di certo se ci venisse, ma non ce la voglio a nessun costo. Ora mi rammento il tuo discorso dell'altro ieri; mi hai detto che poteva nascere occasione ti occorresse il mio quartiere, e io ti ho risposto un: no, grosso tanto.

FABRIZIO
In principio, ma poi...

MARCELLO
Ma poi seccato, scusa, dai tuoi discorsi che non finivano più e dovendo uscire, ho conchiuso con un: basta vedremo. Parole testuali.

FABRIZIO
Ebbene è bell'e visto.

MARCELLO
Ah no, mio caro. Io ho sempre rispettato la mia casa, come il mio luogo di studio, di raccoglimento, e non c'è treccia nè finta nè vera di cocotte che possa vantarsi di averla appestata di muschio.

FABRIZIO
Prima di tutto il muschio non usa più, in secondo luogo le cocotte non si profumano le treccie, ma la biancheria, e finalmente quella che aspetto non è una cocotte.

MARCELLO
Sì, conosco le tue duchesse!

FABRIZIO
Non tutte le donne possono essere nell'almanacco di Gotha, ma se sei disposto a fare un'eccezione per le duchesse...

MARCELLO
Pare impossibile che alla tua età...!

FABRIZIO
All'età mia, bisogna affrettarsi a godere. D'altronde la mia età par grave a te che sai i miei anni, ma per le donne sono un giovinetto. Porto la barba intera perchè le si possano attribuire e sembrare apparenti i guasti reali che devo alla imminente quarantina. E sai tu quanto mi costi questa barba che vedi? Il mio ministro, che è un pedante, non mi vuol proporre a segretario d'ambasciata perchè pretende che un diplomatico non deve portar peli sul viso. Vedi bene che se le donne fanno qualche cosa per me, non è senza grave mio sacrificio. E difatti, il giorno che una donna mi farà accorgere dell'età mia, non me lo dovrà dire una seconda volta; uscendo da lei andrò diritto dal barbiere; mi vedrai raso come una zucca; lascierò le bugie d'amore per quelle della politica e le ambasce per le ambasciate. Ridi? Sei vinto.

MARCELLO
No no, non posso, ho da fare.

FABRIZIO
Sì dei versi.

MARCELLO
Che ne sai tu?

FABRIZIO
Li ho visti l'altro giorno sul tuo scrittoio e ne ho anche letti, discorrendo. Aspetta, mi ricordavo il primo... come dice?...

MARCELLO
Non sei discretissimo.

FABRIZIO
Oh dei versi non sono una lettera; nessuno mette i suoi secreti in rima. Erano versi d'amore; bella cosa! ne ho ordinati tanti a pagamento quando credevo che le donne si conquistassero con un sonetto.

MARCELLO
Insomma sono fermamente deciso a non uscir di casa.

FABRIZIO
E allora come faccio io?

MARCELLO
Aggiustati.

FABRIZIO
Non posso condurla ad un albergo! Una donna per bene!

MARCELLO
Se accetta di venirti a trovare...

FABRIZIO
In casa mia.

MARCELLO
Ah le hai detto...?

FABRIZIO
Che questa casa mi appartiene naturalmente.

MARCELLO
E tu ne sballi di queste?

FABRIZIO
Colle donne soltanto. La bugia è il pane quotidiano dell'amore.

MARCELLO
E se scoprisse?

FABRIZIO
Prima di venire è difficile che parli di me con nessuno, dopo non me ne importa.

MARCELLO
Ma perchè avendo in città tanti amici gaudenti come te e padroni di case più acconcie che non la mia a questa sorta d'improvvisate, vieni precisamente a cercar me che un'avventura simile imbarazza e disgusta in modo che non puoi concepire?

FABRIZIO
Perchè quelli vivono in piazza e tu in un romitorio, perchè il più discreto di quelli strombazzerebbe ai quattro venti la cosa, mentre tu che ne arrossisci, la terrai celata come una vergogna, perchè la loro

casa spande un tanfo di vizio che metterebbe sull'avviso la persona che aspetto e la armerebbe alla difesa, mentre la tua così seria ed austera le inspirerà confidenza, e perchè finalmente il loro recapito è troppo noto e non potrei darlo per mio, mentre di te scommetto che nemmeno la donna che ami sa dove stai di casa.

MARCELLO
Infatti!

FABRIZIO
Ah c'è dunque una donna che tu ami?

MARCELLO
Perchè no?

FABRIZIO
Una vera donna, viva, in carne ed ossa?

MARCELLO
Perchè no?

FABRIZIO
Stranissimo. E di che parlate insieme?

MARCELLO
Di tutto.

FABRIZIO
Fuorchè d'amore, ci scommetto.

MARCELLO
Pur troppo!

FABRIZIO
L'avrei giurato. E il divertimento dura...?

MARCELLO
Perchè mi interroghi?

FABRIZIO
Per sapere. Tu sei un fenomeno; non raro ma sempre curioso. D'altronde cogli uomini sono galantuomo e chissà che non ti possa dare un buon consiglio. Dunque il divertimento dura?

MARCELLO
Da due anni.

FABRIZIO
È giovane? È bella?

MARCELLO
L'amo.

FABRIZIO
Hai ragione; questo dice tutto. È mondana?

MARCELLO
È elegante.

FABRIZIO
Ha marito?

MARCELLO
È vedova.

FABRIZIO
E ti ama?

MARCELLO
Non lo so.

FABRIZIO
Le vai per casa?

MARCELLO
Quando sono sicuro di non trovar gente.

FABRIZIO
Come fai a saperlo?

MARCELLO
Me lo dice.

FABRIZIO
Ah dunque le piace stare con te?

MARCELLO
Lo credo, mi stima assai.

FABRIZIO
Le parli di poesia, di filosofia, dei tuoi studi, dei tuoi libri, delle tue raccolte artistiche...

MARCELLO
No. Evito di parlare di me per paura di tradirmi.

FABRIZIO
Sarebbe un onesto tradimento che volterebbe in meglio le cose.

MARCELLO
Credo di aver trovato la via di uscirne.

FABRIZIO
La più corta sarebbe quella di parlarle.

MARCELLO

È la vostra sete di facili piaceri che ci fa timidi; se non ne aveste profanato il linguaggio, noi oseremmo parlare di quell'amore che voi avete fatto parere sempre bugiardo.

FABRIZIO

È la vostra timidità che rende così facili i nostri piaceri. In amore, chi si rimane alla poesia fa la zampa del gatto che cava per altri le castagne dal fuoco. Voialtri taciturni riuscite tanto più facilmente a sconvolgere l'animo delle donne quanto meno incutete loro paura. Ma quel veleno che andate loro inoculando nel sangue, non vi reca già la vostra immagine, non si chiama già l'amore di voi, si chiama l'amore semplicemente; un'essenza che sta da sè, che rende il cuore ed i sensi combustibili in sommo grado. Nella mia lunga carriera amatoria ho sperimentato per vero questo che a molti parrebbe un paradosso: che cioè il momento più proficuo per conquistare una donna è quando questa sta per innamorarsi di un altro. Coi vostri silenzi, cogli guardi, colla discretezza stimolante, colle ruvidezze rilevatrici, coll'ardore che irradiate intorno, voi portate il delizioso frutto d'amore a un tale grado di maturità che un soffio di vento lo spiccherebbe dal ramo, e non avete il coraggio di dare la scossa al tronco. Allora capita un goloso come me, vede il frutto proibito sospeso a un filo, dà una scrollatina alla pianta e para la mano. Sic vos non vobis nidificatis aves.

MARCELLO

E la conclusione?

FABRIZIO

La conclusione è questa: che prima ti ho fatto ridere, poi ti ho fatto dire il tuo secreto, e poi ti ho fatto un discorso, e che tutto ciò merita in ricambio il favore che ti richiedo.

MARCELLO

Guarda, fra l'altre cose aspetto una lettera importantissima, la quale può decidere della mia sorte.

FABRIZIO

Ah briccone! Le hai scritto?

MARCELLO

No. Una lettera di mia sorella.

FABRIZIO

E deve arrivare?

MARCELLO

Verso le tre.

FABRIZIO

Ebbene se arriva prima, tu sei qui a riceverla, se dopo, apposti il tuo domestico in istrada e te la fai portare al Club. È inteso? Fammi questo piacere.

MARCELLO

Vada! Ma potevi almeno avvertirmi stamattina.

FABRIZIO

Sono venuto, e non c'era nessuno e la cosa s'è combinata ieri sera. È una donna che amo da cinque anni di un amore intermittente; l'incontro ogni estate alla stagione de' bagni, ma sai, gli amori ai bagni sono tele di ragni, un soffio li sfonda. Quest'anno ho preso la mia licenza in primavera apposta per coglierla qui. Dopo poche visite, mi accorgo che ha cambiato natura; gli altri anni amava ridere e scherzare, quest'anno la trovo lunatica, distratta, nervosa in una parola. Ne trassi buon augurio e fu allora che ti ho fatto quella domanda in aria, più per premunirmi che altro.

MARCELLO
E che bisogno hai di vederla in casa mia, dacchè puoi andare da lei?

FABRIZIO
Ho bisogno di far presto, che non mi scada la licenza. Venendo qui essa fa un primo passo che tira seco il secondo; rimanendo a casa, non c'è ragione che mi sia più benigna oggi di ieri.

MARCELLO
Ho capito.

FABRIZIO
Ieri sera la trovo ad un ballo. In un crocchio di signore, dov'era anche lei, cade il discorso sulle collezioni artistiche di quadri e d'incisioni, ed essa se ne mostra amantissima. Allora rammentandomi di certe stampe che mi avevi fatto comprare a Berlino per la tua raccolta, appena solo con lei mi do per raccoglitore, un raccoglitore misterioso e geloso, locchè serviva a giustificare il mio prudente riserbo. Sono persuaso che essa non se ne intende meglio di me, ma me ne intendo così poco che meno ne discorro più ci guadagno. Le dissi che possedevo tesori, che venisse a vederli. Essa accetta senza esitare. Le do il tuo recapito e si rimane che sarebbe venuta oggi alle tre.

MARCELLO
E tu ami una donna capace di accettare così su due piedi un appuntamento...?

FABRIZIO
Eh! se non l'accettasse, non varrebbe la pena di amarla.

MARCELLO
E le mie incisioni hanno l'insigne onore di procacciarti...

FABRIZIO
Già. Quando una signora per bene va a trovare uno scapolo, c'è sempre un oggetto d'arte che fa da Galeotto.

ANSELMO (entrando)
La posta. (consegna e via).

MARCELLO
Ah finalmente! Permetti? (legge).

FABRIZIO
Fa, fa. Dove tieni quelle famose incisioni?

MARCELLO
In quelle due cartelle.

FABRIZIO
Bene, leggi pure, ho tempo di dare una capata dalla fioraia a sollecitare quei fiori; perchè è inteso, eh? Alle tre te ne vai.

MARCELLO
Sì.

FABRIZIO
Che paura m'hai fatto! Figurati se avessi dovuto dare un contrordine.

MARCELLO
Lasciami leggere.

FABRIZIO
Vado subito. Ah! naturalmente il tuo domestico esce con te.

MARCELLO
S'intende.

FABRIZIO
Mi toccherebbe metterlo a parte del secreto e non conviene.

MARCELLO
S'intende.

FABRIZIO
Ah! un'altra cosa. C'è stato un imperatore romano incisore?

MARCELLO
Uh che dici?

FABRIZIO
C'è stato un incisore chiamato col nome di un imperatore romano? Un incisore famoso?

MARCELLO
No.

FABRIZIO
Eppure mi ha chiesto se avevo dei... dei... Caracalla... no. Dei... dei... già lo faceva per mostrarsi dotta... dei Silla... c'è un Silla incisore?

MARCELLO
No. E poi Silla non era imperatore.

FABRIZIO
Questo non monta. I romani antichi erano tutti dal più al meno imperatori.

MARCELLO
Tu vuoi dire Marc'Antonio.

FABRIZIO
Bravo! Vedi. Marc'Antonio, Silla, Pompeo, siamo lì già. E tu ne hai di codesti Marc'Antonio?

MARCELLO
Sicuro e di stupendi.

FABRIZIO
Io non ho detto nè sì, nè no. Stanno là in cartella?

MARCELLO
Sicuro.

FABRIZIO
E questo Marc'Antonio era...

MARCELLO
Marc'Antonio Raimondi contemporaneo di Raffaello, il quale...

FABRIZIO
Ne so abbastanza. Addio. Vado e torno.

MARCELLO
Non mi troverai più.

FABRIZIO
Lo spero bene. Bada che uscendo avverto il tuo domestico perchè sviti dall'uscio la lastra col tuo
nome.

MARCELLO
Non c'è.

FABRIZIO
Meglio. Addio San Luigi.

MARCELLO
Addio Don Giovanni. (via Fabrizio dal mezzo).

SCENA V.

Marcello, poi Anselmo, poi Clemente.

MARCELLO
Seccatore, va. Vediamo. (legge) Caro fratello. Ma grullo che sei, perchè, scriverle a me le tue lettere
d'amore? Che me ne faccio io? Dacchè mi richiedi del mio avviso ti dirò che sono persuasa che essa
ti ama e ne ho anzi mille prove... (smette di leggere) Oh cara sorella! (bacia la lettera, poi ripiglia)
che essa ti ama, e ne ho anzi mille prove e che non dimanda di meglio che di vederti uscire dal tuo
incomprensibile silenzio. Quanto alla mia venuta, essa è in questo momento assolutamente
impossibile... (smette di leggere) Oh! (ripiglia) la bambina convalescente non mi lascia partire...
(parlando) dacchè è convalescente! (legge) d'altronde nei termini in cui siete, il tuo amore essa lo
deve conoscere da te e non da altri. Ho pensato un momento a mandarle la tua lettera... (parlando)
che idea! (legge) a mandarle la tua lettera, ma ciò non farebbe che metterla in imbarazzo, poichè essa
non te ne potrebbe tener parola se tu prima non intavoli il discorso, e ti conosco troppo per sperare da
te un simile ardimento. (parlando) Ha ragione (legge) Mio marito, non puoi figurarti quanto egli ride
di te... (parlando) lo sciocco! (leggendo) mi propose allora di mandare a lei la tua lettera chiusa,
avvertendola che tu saresti andato a leggergliela; ma ciò non servirebbe che a farti sospendere la tua
visita. Però siccome in fondo l'idea era buona, abbiamo insieme deliberato di mandare a lei, chiusa in
una busta e col recapito, la lettera incendiaria che tu mi scrivesti, pregandola, poichè tu sei tale uomo

17

da poter ricevere in casa tua una signora per bene, senza pericolo di sorta per la sua riputazione, pregandola di recarla in persona da te, perchè tu glie ne dia lettura... (parlando) Oh! (legge) e così abbiamo fatto. Aspettala dunque quandochessia poichè questa lettera diretta a te e quella diretta a lei partono insieme collo stesso corriere. (parlando) Oh mio Dio! E ora se viene qui... e ci trova quegli altri! (guarda il pendolo) Non sono ancora le due. (suona il campanello) Fabrizio pensi lui ad accomodare... ha un'ora di tempo. (Anselmo entra)

Il barone Fabrizio è uscito?

ANSELMO
Sissignore.

MARCELLO
C'è di là il domestico?

ANSELMO
Sissignore.

MARCELLO
Gli dirai che corra subito a raggiungere il suo padrone, dev'essere andato dalla fioraia... egli saprà bene da quale fioraia, e che lo rimeni qui sul momento.

ANSELMO
Il barone ha detto che alle tre in punto sarebbe tornato.

MARCELLO
Non ho tempo d'aspettare le tre io.

ANSELMO
Mancano cinque minuti.

MARCELLO
Alle due.

ANSELMO
Domando scusa...

MARCELLO
E guarda là... (sovvenendosi) Oh! l'ha ritardato quell'altro. (guarda l'orologio) Hai ragione (fra sè) come si fa? A momenti quella donna è qui. Io la rimando. Impossibile... Ho promesso d'altronde... aspettarla... vederla... scoprir così il suo segreto... no... no. Andrò io ad impedire la venuta... di... già, non uscirà mica di casa appena ricevuta la lettera. Chissà se a quest'ora l'ha già ricevuta... è appena arrivata la mia... Vado, e se la trovo... ebbene, rompo il ghiaccio e la facciamo finita. (ad Anselmo) Il cappello. (Anselmo via) Chiudiamo queste carte sparse.

ANSELMO (tornando col cappello)
Eccolo.

MARCELLO
Ora tu esci subito e sei in libertà fino alle otto di stassera.

ANSELMO
Sissignore.

MARCELLO
E non rientri prima di quell'ora sotto nessun pretesto.

ANSELMO
Nossignore. Ma Clemente che è di là?

MARCELLO
Clemente rimane.

ANSELMO
Il signor Cavaliere è scontento dei miei servigi?

MARCELLO
No. Perchè?

ANSELMO
Perchè prende in prova un altro domestico.

MARCELLO
Non prendo nessun altro domestico, prova ne sia che starò io pure fuori di casa tutto il tempo che
starai tu.

ANSELMO
E Clemente rimarrà qui solo?

MARCELLO
Solo o accompagnato non ti riguarda.

ANSELMO
Chiudo tutto?

MARCELLO
Al contrario lasci tutto aperto. Va che ho fretta di ordinare... (Clemente entra correndo).

Che c'è?

CLEMENTE
S'è fermata una carrozza di sotto e ne è scesa una signora.

MARCELLO (ad Anselmo)
Usciremo per la scaletta di servizio e per la porticina del giardino. (scampanellata) E quell'animale
che non arriva! (a Clemente) Voi badate che quella signora domanderà del vostro padrone, ditele che
sarà qui a momenti e fatela passare. Presto (via Clemente dal fondo e Marcello ed Anselmo per la
laterale).

SCENA VI.

Livia, Clemente.

CLEMENTE
Non può tardare più di due minuti, ha detto che alle tre in punto sarebbe tornato.

LIVIA
Va bene.

CLEMENTE
La signora comanda nulla?

LIVIA
Nulla. Il mio domestico è in anticamera?

CLEMENTE
Sissignora.

LIVIA
Andate pure. (via Clemente) È poco galante il barone! Com'è bello qui! Quieto, ordinato, dei libri che hanno l'aria di esser letti... pochi ninnoli... nessuna mostra di fotografie... bellissimo. Chi mai avrebbe immaginato così armonica la casa di quello sventato! La sua casa è migliore di lui. (apre la persiana della finestra) E il giardino! Com'è bello fiorito! — Non viene. Se me ne andassi? (pausa) Mi pare che passerei volentieri delle ore qui... sola... a leggere... a suonare (siede allo scrittoio). Curioso effetto che fa una stanza dove s'entra per la prima volta! Quante cose racconta del suo padrone! Quante abitudini palesa, quanti difetti tradisce con gran studio celati, quante qualità ignorate rivela subitamente. Qui difetti non ne appare. Tutto vi ha l'aria di dover servire senza sfoggio. Se non conoscessi il barone e me lo dovessi immaginare dalla vista di questa stanza, vediamo un po' come lo immaginerei? Precisamente l'opposto di quello che conosco. Fidatevi delle apparenze! o piuttosto fidatevi di questa sorta di induzioni! Quale sarà la sua vera natura? Quella che egli mostra di fuori o quella che appare qui? Sono più sincere le cose che gli uomini. (prende un libro) L'intermezzo di Heine... in tedesco...! e annotato in margine... di suo pugno. Sa il tedesco! (prende delle carte) Dei versi? O curiosa! Con una data: cinque Aprile, di ieri dunque. Vediamo (legge)

Io non la vidi e vommene
Dolente; oggi lo sento
Mi armava amor d'insolito
Disperato ardimento,
Oggi era certo l'impeto
Della facondia mia,
Sarò doman l'estraneo
Che passa per la via.

Che tristezza in questi ultimi versi:

Sarò doman l'estraneo
Che passa per la via.

Com'è triste! (si alza) Ha fatto apposta a non trovarsi in casa il signor barone. Mi ha più interessato in cinque minuti di assenza che non nei cinque anni da che lo conosco. Ma ora se non viene non mi troverà più. (s'avvia, entra Fabrizio).

SCENA VII.

Livia, Fabrizio.

FABRIZIO
Devo mettermi in ginocchio?

LIVIA
Me ne andavo.

FABRIZIO
Se avessi contato sulla vostra puntualità sarei parso vanitoso.

LIVIA
E piuttosto che aspettar voi, preferite fare aspettare gli altri.

FABRIZIO
È così dolorosa l'attesa di una gran gioia! Ho cercato di ingannare il tempo occupandomi di voi.

LIVIA
Di me? (Clemente entra con un ricco canestro di fiori, lo depone, poi esce). Ah che galanteria! Però avrei avuto più cari dei fiori del vostro giardino.

FABRIZIO (stupito)
Del mio giardino?

LIVIA
Non è vostro quel giardino lì sotto?

FABRIZIO
Ah! sicuro ma non ci sono fiori.

LIVIA
Se ne ho visti io di bellissimi.

FABRIZIO
Ah, aveste visto?

LIVIA
Dalla finestra. Sapete che è bello il vostro studio?

FABRIZIO
Poh!

LIVIA
Ma assai bello. È così austero, tranquillo.

FABRIZIO
Volete dire che ci si deve seccar molto, non è vero?

LIVIA
Naturalmente! Non ci siete che voi capace di apprezzarlo.

FABRIZIO
Oh mi ci seccherei anch'io.

LIVIA
Mi piace quel soggiuntivo.

FABRIZIO
Ho detto mi seccherei perchè non ci sto mai.

LIVIA
Ha l'aria tanto abitata.

FABRIZIO
Ora che sono in congedo, ma il resto dell'anno lo passo a Bruxelles.

LIVIA
Dovete rimpiangerlo quando siete lontano.

FABRIZIO
D'ora in avanti lo rimpiangerò, perchè ha avuto l'onore di accogliervi.

LIVIA
Vediamo dunque queste incisioni.

FABRIZIO
Datemi tempo di rimettermi dalla emozione, dal piacere che provo nel vedervi qui a casa mia...

LIVIA
Ma sono venuta per questo.

FABRIZIO
Soltanto?

LIVIA
E perchè altro?

FABRIZIO
Io che ve ne ero già tanto riconoscente!

LIVIA
Lo credo. Vi ho dato una bella prova di stima.

FABRIZIO
Non è il sentimento che ambisco di ispirarvi.

LIVIA
Avete torto. La stima è madre di tutti i sentimenti benevoli.

FABRIZIO
Speriamo nella figliuolanza.

LIVIA
Sapete a che pensavo aspettandovi? Che dovete fare un ben meschino giudizio di noi donne, me compresa, dacchè vi credete in obbligo di ostentare con noi una leggierezza, che vi nuoce...

FABRIZIO
Grazie.

LIVIA
E di nasconderci il vostro vero valore.

FABRIZI
Io nascondo il mio vero valore! Ma non domando di meglio che di mostrarlo.

LIVIA
Non fingete. Voi siete studioso.

FABRIZIO
Poco.

LIVIA
Dotto.

FABRIZIO
Misericordia! Chi mi ha calunniato?

LIVIA
Voi stesso. È impossibile entrare in questa casa senza indovinare nel suo padrone un uomo amante dello studio e del raccoglimento. Questo ambiente così quieto, così intimo, non può mentire. Questi libri non hanno l'aria di fare inutile parata di sè. Non cercate di ingannarmi. A che pro? Se sapeste quanto siete cresciuto nel mio concetto dacchè sono entrata qui dentro! Perfino la vostra finzione mondana mi piace, essa mi prova una timida diffidenza verso gli indifferenti; si vede che non volete mostrare al mondo vano, la serietà dei vostri diletti; costretto di vivere con gente frivola amate meglio fingervi frivolo che passare per originale. Non è così? E poi siete poeta.

FABRIZIO
Anche poeta?

LIVIA
Mi direte curiosa. Colpa vostra; perchè lasciare sparsi sullo scrittoio ed in evidenza questi fogli...?

FABRIZIO
Ah avete letto...?

LIVIA (fa cenno di sì)

FABRIZIO
Dei versi?

LIVIA
Belli.

FABRIZIO
Sì, mi diverto qualche volta per non saper che fare.

LIVIA
Mi perdonate l'indiscrezione?

FABRIZIO
Che non vi perdonerei?

LIVIA
Allora prendo coraggio.

FABRIZIO
Sì, prendete coraggio.

LIVIA
Chi è?

FABRIZIO
Chi?

LIVIA
La donna che vi ispira.

FABRIZIO
Me lo domandate! Ingrata.

LIVIA
Ah no. Non sono io.

FABRIZIO
Vi giuro...

LIVIA
Non sono io. È naturale che cerchiate di farmelo credere, ma ho le prove del contrario.

FABRIZIO
Le prove! (fra sè) Che diavolo sia! (forte) Ah, ci sarà forse scritto su un nome che non è il vostro, ma, sapete bene... i poeti usano nomi immaginari.

LIVIA
Non c'è scritto nessun nome.

FABRIZIO
E allora?

LIVIA (gli dà il foglio)
Leggete. Sono vostri quei versi?

FABRIZIO
E di chi potrebbero essere?

LIVIA
Leggeteli.

FABRIZIO (legge)
«Io non la vidi e vommene dolente...»

LIVIA
Basta.

FABRIZIO
E qui c'è la prova? Io non la vidi e vommene dolente... Ecco, vommene dolente e il dolore mi fa poeta: li ho scritti un giorno che non mi era riuscito di vedervi.

LIVIA
Quando?

FABRIZIO
Non mi ricordo il giorno preciso.

LIVIA
Avete poca memoria, perchè furono scritti ieri.

FABRIZIO
Ieri?

LIVIA
C'è la data. Eccola, 5 aprile. Oggi ne abbiamo 6... e ieri foste a casa mia, mi ci trovaste, mi avete quindi veduta, non ve ne siete andato dolente affatto, locchè vuol dire che quella donna non sono io.

FABRIZIO
Come la ragione è nemica dell'intelligenza! Sono stato da voi, c'era un mondo di gente, uomini, donne: una fiera. E lo chiamate vedervi questo? E me ne devo contentare? E non me ne posso andar via dolente?

LIVIA
Leggete avanti.

FABRIZIO
Dolente — Oggi lo sento
Mi armava amor d'insolito
Disperato ardimento.

LIVIA
Sono cinque anni che mi andate giurando di amarmi, con frasi così pompose che non ci ho mai creduto, e parlate d'insolito ardimento!

FABRIZIO
Insolito disperato ardimento: quello che è insolito, non è l'ardimento ma la disperazione. Sono cinque anni che vi giuro di amarvi, e cinque anni che vi prendete giuoco di me. Non è naturale che arda di trovarvi sola una volta per dirvi il mio amore in termini tali da non lasciarvene dubitare?

LIVIA
Ne parlate troppo e troppo chiaro. (Fabrizio le prende la mano e gliela bacia).
Che fate?

FABRIZIO
Provo a spiegarmi tacendo.

(Livia si alza, prende l'ombrellino e si avvia).

FABRIZIO
Che vuol dire?

LIVIA
Vado.

FABRIZIO
Oh! vi bacio la mano tutte le volte che v'incontro e non ve ne avete mai per male.

LIVIA
Dovreste capire che essendo a casa vostra, il linguaggio ed i modi che adoperate sono di pessimo gusto.

FABRIZIO
Ma di peggiore gusto sarebbe se vedendovi qui sola e bella...

LIVIA
Oh! (s'avvia).

FABRIZIO
No, no, no, fermatevi. Prometto che divento docile come un agnellino. Sedete: ve lo giuro. (Livia siede). Pensate un po' quanto sarebbe stato ridicolo, se ve ne foste fuggita a quel modo. Che viso avremmo fatto incontrandoci la prima volta in società? Come siete severa! Per trovar grazia presso di voi, bisogna essere uno spasimante muto?

LIVIA (prontissima e impensatamente)
Ah Dio, no per carità!

FABRIZIO
Come inorridite a quell'idea! Ne avreste per caso qualcheduno d'attorno?

LIVIA
Vediamo le incisioni?

FABRIZIO
No, rispondete. Sì, eh? Un'anima pudica e virtuosa, un cuore ardente ma padrone di sè.

LIVIA (involontariamente)
Oh molto pad... (si morde le labbra).

FABRIZIO
Già. Troppo padrone, non è vero? E ve ne spiace! È un mondaccio! Quelli che ardiscono si vorrebbero timidi e i timidi si vorrebbe convertirli in leoni.

LIVIA
Oh non c'è pericolo! (ride).

FABRIZIO
Ridete pure e grazie della confidenza. Però mi sarà lecito domandarvi che parte mi destinate nel piccolo romanzetto del vostro cuore.

LIVIA
Non il protagonista certo.

FABRIZIO
Ah!

LIVIA
Andiamo! Un uomo maturo...

FABRIZIO
Eh!

LIVIA
... Come siete; perchè via, senza offendervi siete un uomo maturo. Quanti anni avete?

FABRIZIO
Indovinate.

LIVIA
Non è difficile. Ero in collegio, nella classe delle piccine, vale a dire alta così... e mi ricordo che sentivo le grandi, quando ritornavano dopo i giorni d'uscita, portare al cielo i vostri baffi e il colore delle vostre cravatte. Eravate già allora applicato... o che altro so io, al ministero degli esteri, tanto che, in collegio vi si chiamava, per antonomasia, l'ambasciatore; locchè fra parentesi vuol dire che è una carriera lenta la vostra.

FABRIZIO
Non me ne posso lagnare.

LIVIA
Meglio per voi, ma noialtre, che fin d'allora eravamo tutte quante ammirate della vostra gloriosa persona, capite bene, che non si è potuto durare tanti anni nello stesso sentimento... del resto... dove andava la instabilità femminile? Volete che vi dica la mia età? Non ve la lascio indovinare, perchè sareste capace, nella vostra galanteria, di farmi più giovane di quello che sono, tanto più che ci avreste il tornaconto. Ho ventisei anni, e nell'epoca di che vi parlo ne avevo dieci. Voi allora non potevate averne meno di ventiquattro, tirate il conto, sono quaranta. Non dico che siate vecchio, ma ne conosco di più giovani. — Lasciate stare la vostra barba, perchè la stiracchiate tanto?

FABRIZIO
Non sapete che rischio corre la mia barba.

LIVIA
Che rischio?

FABRIZIO
Non siamo abbastanza amici perchè ve lo dica. Non mi fa mica piacere sapete, aver quarant'anni. Ma via, non sono venerabile, e non vi potrei essere nè nonno nè padre, e il sentimento che provo per voi, può essere altrettanto dolorosamente offeso in un uomo di quarant'anni quanto in uno di venti. Gran cosa esser giovani! Se aveste avuto qualche anno di più, avreste capito che il vostro procedere meco era molto leggiero.

LIVIA
Avete ragione. Perdonatemi.

FABRIZIO
Non più leggiero forse del mio verso di voi. Ma la nostra importunità non può offendervi, mentre le false speranze che ci fate concepire ci rendono tanto ridicoli!

LIVIA
Fui un po' civetta. Siete contento?

FABRIZIO
È vero.

LIVIA (punta)
Danke.

FABRIZIO
Come dite?

LIVIA
Grazie.

FABRIZIO
No, non avete detto così.

LIVIA
Ho detto: Danke, che fa lo stesso.

FABRIZIO
È tedesco eh? Non intendo il tedesco.

LIVIA
Non intendete il tedesco?

FABRIZIO
Affatto.

LIVIA
Non intendete il tedesco?

FABRIZIO
Ma no. Me ne vergogno, se vi piace, ma non l'ho studiato. Agli esami per entrare in diplomazia non
si richiedeva ai miei tempi che il francese e l'inglese, ma di tedesco, lo confesso, non so una parola.
Cioè dico male.

LIVIA
Ah!

FABRIZIO
Ho imparato a chiedere amore in tutte le lingue Europee. Mi amate voi? M'aimez-vous? Do you love
me? Lieben sie mich? perfino in russo.

LIVIA
Ah! Ah! curiosissimo. E quale preferite di queste lingue?

FABRIZIO
Quella in cui mi si risponde affermativamente.

LIVIA
Locchè vi deve accadere spesso?

FABRIZIO
Le donne non sono tutte crudeli come siete voi; qualche volta ha ragione il poeta che dice:
«Amore a nessun amato amare perdona»

LIVIA
Il poeta dice:
«Amor che a nullo amato amar perdona» perchè il poeta scrive dei versi che tornano, mentre voi li
citate falsi, locchè è strano in un uomo che pretende di farne.

FABRIZIO
Oh ci sarà una sillaba di più, bella cosa! Perchè mi guardate a quel modo?

LIVIA
Siete ben sicuro d'essere a casa vostra?

FABRIZIO
Dacchè ci siete voi essa vi appartiene.

LIVIA
Lasciamo i madrigali. Ho paura di essermi troppo facilmente fidata di voi.

FABRIZIO
Che supponete?

LIVIA
Questa casa risponde così poco all'indole vostra! Ci siete così stonato! Ho cercato di attribuirvi per
un momento qualcheduna delle qualità che essa rivela e voi avete così vittoriosamente smentito le

mie supposizioni! Ci trovo dei versi, me li date per vostri, e citate sbagliato un verso che sanno giusto perfino i bambini, e per spiegare il senso che volete attribuire a quegli altri dovete commentarli stiracchiandoli in modo compassionevole. Sullo scrittoio c'è un volume di Heine in tedesco, annotato in margine dalla stessa mano che scrisse i versi, e voi non sapete una parola di tedesco.

FABRIZIO
Dirò...

LIVIA
Lasciatemi dire. Mi vantate una famosa collezione artistica e scommetto...

FABRIZIO (accennando la cartella dove stanno le stampe).
Ma eccola qui la collezione, ma ve la faccio vedere, e dopo vi spiegherò il mistero, la combinazione di quel tedesco e vi convincerete dell'ingiustizia dei vostri sospetti. Oh credermi capace! Eccole qui le cartelle! apritele, e ci troverete dentro anche quelle stampe di che mi avete parlato ieri.

LIVIA
Che stampe?

FABRIZIO
Sì... sapete bene... quei... Pompeo...

LIVIA
Pompeo!

FABRIZIO
Uh... che dico! Quei Silla...

LIVIA
Silla!
(Fabrizio rimane imbarazzatissimo. — Livia scoppia in ridere).
Marc'Antonio, volete dire... Ah... Silla! Pompeo ah! ah!...
(Fabrizio scoppia in risa anche lui. — Livia appena rimessa dal ridere)
Ho riso perchè non vi potete immaginare la faccia grottesca che avevate, ma spero bene che non cercherete di ingannarmi più oltre. Questa non è casa vostra.

FABRIZIO
Lo confesso.

LIVIA
Oh! Dove sono?

FABRIZIO
In casa di un amico.

LIVIA
Il quale naturalmente mi crede la vostra amante.

FABRIZIO
Vi do la mia parola d'onore chi gli ho detto che non lo siete.

LIVIA

Ma mi immagina disposta a divenirlo.

FABRIZIO

Ignora il vostro nome.

LIVIA

Preferirei lo sapesse. Se è un uomo di mondo, se mi conosce, se è un galantuomo, non avrebbe certo accettato di farsi complice di un'azione così poco leale.

FABRIZIO

Ma insomma cos'è mutato in voi? Questa casa non è mia, peggio per me; ma da che io ne sia o no proprietario, voi non ci siete nè meno rispettata nè meno sicura. Non è già il fatto di sapermi padrone di uno stabile che vi ha indotta a venirci: potevo comprarla ieri, potrei comprarla domani e non crescerei di un bricciolo nella vostra stima.

LIVIA

È vero, ma quello che mi offende è il proposito celato, sono le speranze che avete certamente concepite attirandomici. Invitandomi a casa vostra potevate essere mosso a farlo da quel sentimento di vanità naturale in chi possiede una casa bella dove ha raccolto oggetti pregievoli, potevate compiacervi della fede che riponevo in voi, della arrendevolezza di una signora che accetta di dare una leggiera tinta di galanteria ad un fatto per sè innocentissimo; ma procacciandovi la casa di un altro, ma inducendo colui ad abbandonarla, ma combinando questo viluppo di falsità e di ipocrisie, tali ragioni non valgono più. È evidente che avete sperato, che avete confidato che io potessi divenire la vostra amante, che potessi accorrere ad un convegno di facili piaceri, come al camerino appartato di un caffè di mala fama per gettarmi nelle vostre braccia, senza nemmeno la povera scusa di un amore al quale non vi ho mai dato diritto di credere.

FABRIZIO

Se vi offendete per intenzioni che mi attribuite...

LIVIA

E in quale altro modo potreste offendermi? Come ci sono sguardi che fanno arrossire, ci sono desideri e speranze che contaminano. Finchè durano ignorati essi deturpano solamente l'animo che li ha concepiti; palesi, macchiano chi ne è oggetto. Quando penso alle parole che dovete aver detto per farvi complice il vostro amico, alle spiegazioni che dovete avergli dato, alle supposizioni che egli certamente fa in questo momento, mi sento così avvilita, come se avessi commesso una cattiva azione.

FABRIZIO

E ne siamo tanto lontani!

LIVIA

Ma come avete potuto pensare di me che sarei stata una così facile conquista? C'è dunque nei miei modi, nel mio parlare qualche cosa che tradisce le debolezze, le compiacenze di una donna galante? Che vi hanno detto sul conto mio? Che ho ingannato mio marito, che nella mia vedovanza ho avuto dieci amanti? Per scegliere me, piuttosto che un'altra, ad una simile avventura, bisogna che io sia riputata una donna di costumi facili... il vostro procedere a mio riguardo deve derivare da qualche tristo, da qualche infame giudizio sulla mia condotta, perchè non siete uno sciocco, e non avete certo potuto illudervi sul conto delle vostre seduzioni a segno...

FABRIZIO

Mi sono illuso. Chiamatemi pure imbecille... me accettante e stipulante, mi sono illuso, non sul conto delle mie seduzioni, ma sulla verità di quel verso... Amore a nullo... non lo dico intero perchè a citarlo poc'anzi non mi ha portato fortuna; però dovete ammettere che la colpa non è tutta mia. Ora che vi ho strappato l'involontaria confessione di quel tale spasimante muto, che voi vorreste far loquace, ora capisco come stanno le cose. Avete accettato il mio invito perchè irritata dal silenzio di quell'imbecille vi è venuta lì per lì l'idea femminile, di levarvi dal suo dominio o per lo meno di fargli uno di quei dispetti occulti che piacciono tanto alle donne; o forse non potendo trionfare di lui con dargli un po' di parlantina, vi è parso piccante sperimentare in animo vile, che sono poi io, l'impero dei vostri vezzi. Ma chi ne sapeva nulla? Chi ve lo ha visto d'attorno quel cospiratore? Credete pure che la trista figura che sto facendo vi vendica abbastanza della mia leggerezza; perchè non è piacevole, sapete, trovarsi a queste.

LIVIA

Sta bene. Vi perdono, addio.

FABRIZIO

Di già?

LIVIA

Vi permetto di accompagnarmi fino alla carrozza.

FABRIZIO

Ahi!

LIVIA

Che?

FABRIZIO

Non mi sgridate?

LIVIA

Che cos'è?

FABRIZIO

Quando vidi, entrando, la vostra carrozza ferma lì sotto, che minacciava di accorciare la durata della vostra dimora...

LIVIA

Ebbene?

FABRIZIO

Stava per piovere... come piove infatti.

LIVIA

Non l'avete mica mandata via?

FABRIZIO

Io no. Sono salito, ho spedito il mio domestico a dire al cocchiere che se ne andasse e tornasse poi alle sei e mezza.

LIVIA
Il cocchiere sarà rimasto!

FABRIZIO
Non credo, stavo attento e l'ho sentito voltare i cavalli e partirsene di trotto.

LIVIA
Oh ma...

FABRIZIO
Quando mi avrete strapazzato come un cane non lo farete tornare.

LIVIA
Piove dite?

FABRIZIO
Una scossettina. Ma già a piedi non potete uscire.

LIVIA
Andate subito a richiamare il mio cocchiere.

FABRIZIO
Mando il vostro domestico che è in anticamera.

LIVIA
Mancherebbe! Il mio domestico rimane.

FABRIZIO
Ci mando il mio.

LIVIA
Andate voi in persona. Non voglio che la vostra impertinenza vi frutti di prolungare un colloquio che è già troppo durato.

FABRIZIO
Piove.

LIVIA
Piglierete un ombrello.

FABRIZIO
Non so dove li tiene.

LIVIA
Peggio per voi.

FABRIZIO
Vi mando il primo fiacre che incontro.

LIVIA
Andate a casa mia e ordinate al mio cocchiere di tornare immediatamente.

FABRIZIO
Ma, e voi?

LIVIA
Io aspetto.

FABRIZIO
Posso almeno sperare il vostro perdono?

LIVIA
Non credo.

FABRIZIO
Pensate... (movimento di Livia) Vado, ma è proprio una penitenza senza peccato. (via).

SCENA VIII.

Livia sola.

Altro che scossettina. È un rovescio. Poveretto! Eccolo. (picchia ai vetri) Buon passeggio. Oh sì, non leva la testa, corre, corre, rasenta gli alberi del viale... troverà bene un fiacre che lo conduca a casa mia! Se non lo trova peggio per lui. Però vorrei sapere dove sono. Speravo gli sarebbe venuto detto nel discorso: domandarglielo non voglio. Chi sarà mai il vero padrone? Chissà se lo conosco? C'incontreremo forse in società, discorreremo di cose futili ed indifferenti, ed io sarò stata in casa sua, avrò letto i suoi versi, e indovinate le sue abitudini e almanaccato sul suo conto. Che strana cosa! (apre le cartelle) Chissà che penserà stassera tornando a casa! Eh penserà male... molto male! Che orrore! Essere sospettata l'amante di Fabrizio... e servire di stimolo alla fantasia di un vizioso forse. Che giornataccia! Non ci vedo più. Ho fatto male a mandarlo via... ora ce n'avrà per mezz'ora... e qui sola... in una casa che non conosco. E se rientrasse quell'altro? e mi trovasse...? Quando sono arrivata mi è parso di udire un passo da quella parte. Che sia rimasto in casa? Se fosse là dietro a quella porta a spiarmi. Ho paura. Che sciocca. Farò venire il mio domestico che mi tenga compagnia. (suona) Una carrozza? È Fabrizio che torna. (guarda dai vetri) Marcello! Non è possibile! Marcello! e viene qui certo... paga il fiaccheraio.. e lo congeda. Sono in casa sua! mio Dio... è capace di uccidermi. (nell'aprirsi la porta) Ah! (entra Clemente) Che volete?

CLEMENTE
La signora ha suonato?

LIVIA
Io! Ah sì... che volevo?... Ah direte... La sua voce... parla col mio domestico... viene... eccolo... Andate... andate... (via Clemente).

SCENA IX.

Marcello e detta

MARCELLO
Siete qui... siete qui!... Come sono contento di trovarvi ancora!... Ne disperavo... Non avete incontrato qui una persona...

34

LIVIA
Il barone di Turbia.

MARCELLO
Ah lo conoscete?

LIVIA
È uscito.

MARCELLO
E non c'era altri con lui?

LIVIA
Non ho visto nessun altro.

MARCELLO
L'avrei giurato; non è venuta. Se sapeste quanto ho corso, non trovavo carrozze.

LIVIA
Ma...

MARCELLO
Come ho fatto a sapervi qui? È semplicissimo. Mia sorella ha scritto anche a me.

LIVIA
Vostra sorella?

MARCELLO
Sì, in risposta ad una mia lettera disperata di ieri... allora sono corso a precipizio da voi, eravate uscita da mezz'ora; per fortuna il portinaio mi ripetè l'indirizzo che vi aveva inteso dare al vostro cocchiere. Viale dei tigli, 37... il mio indirizzo! Sapevo che dovevate venire da me, ma non così presto, non speravo così presto, e contavo di prevenirvi. Perchè mi guardate a quel modo?

LIVIA
Nulla.

MARCELLO
Mettetevi a sedere. Avevo tanta paura che incontraste qui una persona, indegna di voi...

LIVIA
Indegna di me?

MARCELLO
Sì, voi non sapete. Il barone di Turbia mi aveva pregato di cedergli il mio quartierino per un'avventura amorosa.

LIVIA
Oh!

MARCELLO

Che brutta cosa, n'è vero? Non è amorosa che dovevo dire... è galante. Andare nella casa di un ignoto, dove non c'è ricordi, che non ha intimità, donde si dovrà uscire di soppiatto, e che tradirà con altri il secreto dei nostri amori... è orribile. Non avrei dovuto accondiscendere e vi assicuro che per strada ero inquieto come per rimorso, ma quel Fabrizio è così insistente, così prepotente! Mi ci ha proprio tirato per i capelli: mi ha raccontato mille storie, che si trattava di una donna che egli ama da cinque anni, di un frutto maturo che non domandava che di cadere, insomma sapete bene, gli indiscreti trionfano sempre. Che avete?

LIVIA

Nulla. Perchè mi dite queste cose?

MARCELLO

Per farvi capire la paura che ho avuto. Pensate, se voi, Livia, la donna che io stimo sopra tutte al mondo, foste capitata qui in mezzo allo sconcio romanzo di quel libertino! Che idea vi sareste fatta di me? Ma ho saputo della vostra possibile venuta, quando già avevo accondisceso, e non avrei fatto più in tempo a rimediare. Allora sono corso da voi per prevenirvi... tardi anche questa volta. Come siete stata sollecita! Quanto ve ne ringrazio! Per fortuna quell'altra non è venuta. E avete incontrato Fabrizio? Che viso aveva? Che ha detto vedendovi? Chissà cosa ha pensato di voi?

LIVIA

Non me ne importa.

MARCELLO

Oh siete turbata, è inutile che vogliate negarlo... siete pallida...

LIVIA

Come sapevate di trovarmi qui? Me lo avete spiegato, ma non ho capito.

MARCELLO

È stata mia sorella, ve l'ho detto, mia sorella che ha scritto anche a me. Per questo mi premeva di vedervi; voglio essere io il primo a parlare, la confessione che dovete udire, voglio che venga da me, spontanea, non provocata... non guardatemi così, mi togliete il coraggio. Livia, Livia vi amo tanto, lasciatemi le vostre mani, non mi respingete. Già non vi giunge inaspettato quello che vi dico, è da un pezzo che dovete saperlo che vi amo, non osavo dirvelo per terrore di vedermi respinto, ma lo dicevano certo tutti gli atti della mia vita; dovevate sentirlo che non vivevo che per voi, che eravate il mio solo pensiero, che mi chiudevo in un'esistenza severa e solitaria per dedicare a voi sola tutte le ore della mia giornata, per rendermi degno di voi, per levarmi fino all'altezza in cui vi avevo collocata nel mio pensiero. È vero che lo sentivate? Rispondetemi.

(Livia si alza turbatissima e attraversa la scena).

Livia, Livia. Perchè vi allontanate? Come siete agitata! Oh non temete, se anche non foste a casa mia non sono uomo da dare in ismanie. Se il vostro silenzio significa che il mio amore non ha saputo giungere fino a voi...

LIVIA (involontariamente)
Oh... No!

MARCELLO
Ebbene ditemi una parola, non vi chiedo altro, una parola.

LIVIA
Non qui... non qui... Marcello... non qui!

MARCELLO
E perchè no? La mia casa è diventata così indegna di voi? Solo perchè l'ho conceduta ai piaceri di quel gaudente, essa è così profanata da non poter udire dalla vostra bocca una parola di speranza? Ma non è venuta quella donna, ma Fabrizio è partito... e fosse anche venuta essa non è della vostra specie, voi, così nobile, così pura, essa... una femmina volgare, una cercatrice di avventure galanti... Che c'è di comune con voi? Il suo contatto non vi contamina, voi purificate il luogo dove entrate come profumo d'incenso. Oh Livia, questa è la casa mia, la confidente dei miei dolori e delle mie speranze. La sera, dopo che vi ho lasciata, quando entro in casa, ancora tutto pieno della vostra immagine, rimango qui solo per delle ore, ripensando i nostri colloquii, e chiudo gli occhi e vi rivedo e risento la vostra voce, e respiro la fragranza che reco con me negli abiti dal vostro salotto.

Oh! questa stanza vi conosce come una vecchia amica, sa il vostro nome, me l'ha inteso ripetere tante volte! Guardate, ho qui il vostro ritratto. L'ho rubato a mia sorella... (apre il cassetto e ne toglie una fotografia) E questi versi... leggeteli...

LIVIA
Ah sono vostri questi versi?

MARCELLO
E di chi potrebbero essere? Li ho scritti ieri sera. Ero uscito per venire da voi, ma giunto al vostro portone vidi la carrozza che vi aspettava. Allora mi ricordai che andavate al ballo, fui tentato di salire a darvi la buona sera, ma il pensiero di vedervi in una toeletta che detesto mi trattenne. Me ne tornai coll'anima piena di tristezza e ho buttato giù quelle otto povere righe. Li avete letti?

LIVIA
Sì.

MARCELLO
Or ora aspettandomi?

LIVIA
Sì.

MARCELLO
E non avete indovinato che parlavano di voi? Rispondete? Non potevate certo immaginarli ispirati da un'altra; mi conoscete oramai da tanto tempo e se anche nella mia selvatichezza rifuggo dal parlarvi di me, tuttavia dovevate sentirlo che per me non c'era al mondo altra donna, fuori di voi. Io stesso, io che vi supplico invano di una buona parola, non oso sperare di essere amato da voi, ma sono certo che non amate altri.

LIVIA
Lasciatemi andare. Verrete stassera da me?

MARCELLO
No, rimanete.

LIVIA
Non posso.

MARCELLO
Ma perchè, perchè?

LIVIA
Non chiedetelo, Marcello, ve ne scongiuro, vi aspetto stassera.

MARCELLO
Ciò non è naturale, il vostro aspetto... le vostre parole... avete l'aria di temere qualche...

LIVIA
Marcello... vi amo... Prima che tu giungessi, prima che tu parlassi; sapevo il tuo amore e te lo
ricambiavo intero; il tuo silenzio era il tormento dei miei giorni, ogni sera ero tentata di vincere la tua
timidità, di costringerti ad una confessione che leggevo nei tuoi occhi e che tu cieco dovevi leggere
nei miei; sono stata corrucciata con te per la tortura che mi infliggevi. Perchè hai taciuto tanto? Ho
creduto di smarrire la ragione! Ho cercato di punirti dimenticandoti, non ho potuto. Mi vuoi? Sono
tua, ma non qui, ma non ora: questa casa mi brucia i piedi, lasciami andare, Marcello, lasciami andare;
se rimango qui sento che la nostra felicità può essere distrutta in un momento e per sempre.

MARCELLO
Perchè guardi da quella porta? Di chi temi? Chi aspetti?

LIVIA
Oh sei crudele!

MARCELLO
Ebbene va. Non voglio cercare altro. Mi ami, mi basta, perchè me lo dicesti se non fosse vero? Hai
ragione, non sarei più padrone di me. Vieni... io t'accompagno fino alla tua carrozza.

LIVIA
Ah!

MARCELLO
La tua carrozza... non l'ho veduta dabbasso. Perchè l'hai rimandata?

LIVIA
Non io.

MARCELLO
Non tu? E chi? Chi ha rimandato la tua carrozza?

LIVIA
Abbi pietà, Marcello... non so... lo vedi in che stato sono.

MARCELLO
Dammi la lettera.

LIVIA
Che lettera?

MARCELLO
La lettera di mia sorella... che sei venuta a portarmi... La lettera di mia sorella... Non sei tu qui per
questo? Non l'hai? Non l'hai! Ma dunque...?

LIVIA
È vero.

MARCELLO
Tu sei l'amante di Fabrizio!

LIVIA
Ascoltami.

MARCELLO (cadendo su di una poltrona)
Oh!

LIVIA
Marcello, non precipitare il tuo giudizio, non farmi quell'offesa, ora che mi hai detto il tuo amore, ora
che ti ho detto il mio.

MARCELLO
È giusto. Voi comprate con promesse d'amore il silenzio di chi scopre le vostre tresche.

LIVIA
Insultami, so quello che soffri, lo sento in me, ma è impossibile che non ci sia modo di persuaderti
dell'immenso errore in cui sei caduto. L'atto di cui io stessa mi accuso, non è disonesto, esso ti appare
tale per le vanterie di un vanitoso; fui imprudente, fui leggiera, ma ti giuro che nell'anima mia, ero
ben lontana dal dare alla mia venuta il valore che gli ha attribuito il tuo amico.

MARCELLO
Perchè tremavate tanto, temendo che venissi a scoprire?...

LIVIA
Perchè fin dalle prime parole che mi hai detto, tu hai mostrato di giudicare la condotta di quella donna,
che non conoscevi, in modo che mi fa rabbrividire, perchè ero venuta anch'io a conoscere l'inganno
del barone, avevo scoperto che egli mi aveva invitata in una casa non sua, sapevo che nella sua cinica
cecità egli mi aveva creduta una facile e sicura conquista, e la coscienza di ciò, mi umiliava tanto, e
questa stanza mi ripeteva così brutalmente l'insulto delle sue intenzioni, e la tua presenza, e la
possibilità di un tuo sospetto mi agghiacciavano tanto, che avevo paura e ardevo di fuggire, di levarmi
dall'atroce supplizio che mi bai fatto indurare.

MARCELLO
Perchè sei venuta?

LIVIA
Ti dirò... ma credimi... ieri sera a quel ballo il barone...

MARCELLO
Sì, vi ha parlato di una raccolta di incisioni...

LIVIA
Lo sai?

MARCELLO
E sapete che mi disse Fabrizio, un'ora fa, in questo luogo stesso? — Quando una signora per bene va a trovare uno scapolo c'è sempre un oggetto d'arte che fa da Galeotto!

LIVIA
Oh!

MARCELLO
Fabrizio vi amava da cinque anni.

LIVIA
Mi amava... lui? Oh!

MARCELLO
Non discuto la natura del suo amore, era la buona, dacchè lo ha condotto a raggiungere la sua mira.

LIVIA
Che, tu credi?...

MARCELLO
Provatemi il contrario.

LIVIA
Non te lo posso provare. Non ho che la mia parola, ed i miei giuramenti. Il barone potrebbe venir qui e attestare sul suo onore che io l'ho mandato via; io potrei morire invocando i più tremendi scongiuri a testimonio della mia innocenza; tuttociò non proverebbe nulla se il tuo animo non si dispone ad accogliere questa fede. Marcello, tu hai veduto la mia vita da due anni, conosci tutte le mie azioni, sei venuto a casa mia, ad ogni ora del giorno, ci hai mai trovato nulla che potesse metterti in sospetto, non dico di un'infamia come questa di cui mi accusi, ma di una condotta leggiera, di nulla insomma che ti volessi nascondere. Avrei rubato la riputazione che ho di onesta donna? sarei diventata di un colpo quella miserabile che mi fai? Ti pare possibile? Pensa che per condannarmi devi annientare tutto il mio passato, devi tenermi per una tale simulatrice da far paura a immaginarla. Va, se fossi la donna che tu credi, non saremmo qui, tu ad accusarmi, io a difendermi; quelle che fanno il male, non si smarriscono per essere colte di sorpresa. E poi, perchè mi difenderei? Che potrei temere di te? Ti conosco troppo per sospettarti capace di tradire il secreto di una donna, anche di una donna perduta. Se mi torturo così a cercare argomenti, si è perchè ti amo e con questo amore nell'anima, l'avrei prostituito alle cupidigie di... Rifletti, Marcello, non è soltanto ingrato quello che tu pensi di me, è assurdo. Vieni qui, guardami, ti amo, accusami ancora.

MARCELLO
È vero. Tutto il mio essere si solleva contro quell'idea, essa mi ripugna come una colpa, ma non posso levarmela di mente e lo potessi ci ricadrei domani. Ti credo, ma non mi basta; tu non puoi darmi altre prove che i tuoi giuramenti, io non posso far tacere le atroci ironie del mio dubbio.

LIVIA
Addio.

MARCELLO
Livia... Livia... non partire... studiati ancora di convincermi. Se ci lasciamo così tutto è finito.

LIVIA
Ho detto quanto era umanamente possibile, altro non so. Sono spossata. Mi si è fiaccato persino il desiderio di persuaderti. Non provo più che un immenso bisogno di pace e di silenzio.

MARCELLO
Senti. Dimmi solo perchè hai accettato l'invito di Fabrizio; la curiosità di una collezione artistica non basta, basterebbe con un uomo della mia natura, ma di lui che ti corteggiava da tanto tempo, dovevi per forza diffidare. Ci deve essere una seconda ragione, sottile, intima.

LIVIA
È vero.

MARCELLO
Dimmela.

LIVIA
Non mi crederesti. Ti parrebbe una scusa speciosa, e sarei troppo umiliata della tua incredulità. Mi hai già accusata di vendere il mio amore in cambio del tuo silenzio. E poi, ho diritto di ribellarmi contro l'insulto che mi fai, ho diritto di opporre a tutte le apparenze che mi incolpano la mia semplice affermazione d'innocenza e di pretendere che questa prevalga. Se non ti basta non sei degno di me. Una carrozza. È Fabrizio.

MARCELLO
Che? ritorna! l'aspettavi? E io dovrò... Ah... (s'avvia verso la porta di fondo).

LIVIA
Marcello, non scordatevi di essere gentiluomo.

MARCELLO
È giusto. Vi lascio col vostro amante. (via per la laterale).

LIVIA
Marcello, v'impongo di rimanere.

MARCELLO
E sia. Ma vi avverto che non crederò ad una sola delle sue parole.

SCENA X.

Clemente e detti.

(Clemente entra e porge un biglietto a Livia).

LIVIA
Che è ciò?

CLEMENTE
Da parte del mio padrone.

41

LIVIA (a Marcello)
A voi... Ignoro che vi sia scritto. Leggete.

MARCELLO
Oh!

LIVIA
Leggete. (a Clemente) Il vostro padrone è ripartito?

CLEMENTE
No, signora, è di sotto in carrozza che aspetta la risposta della signora.

LIVIA
Pregatelo di salire. (Clemente via).

MARCELLO (dopo letto)
Livia, Livia, perdonami, ti ho ingiustamente accusata.

LIVIA
Ah!

MARCELLO
Perdonami, Livia, ti amo come un pazzo, e ho sofferto mille morti.

LIVIA (prende il biglietto, legge)
«La pioggia reca consiglio. In carrozza ho avuto tempo di meditare intorno la mia stupida condotta e di persuadermi che sono un somaro. Non oso ripresentarmi a voi se prima non mi accordate il perdono e mi promettete di dimenticare. Vi scrivo queste cose colla matita su di un foglio del mio taccuino avvezzo pur troppo a biglietti di ben altro tenore. Ma dite all'uomo felice che amate, che faccia senno anche lui. Ditegli che la colpa è in gran parte sua. Chi ama una donna come voi siete, non la mette col suo pecorile silenzio sul punto di...»

MARCELLO
Basta. Ha ragione.

SCENA XI.

Fabrizio e detti.

FABRIZIO
Vi ringrazio. (vede Marcello) Marcello, tu non avevi diritto di entrare qui dentro.

LIVIA
La sua presenza è giustificata.

FABRIZIO
Ah era lui? E io non l'ho capito! Era lui il...? — Accetto i vostri ringraziamenti.

MARCELLO
La tua leggerezza mi ha fatto ingrato verso...

FABRIZIO

Se lo dico. La colpa è mia. Contentati. Una zampa del gatto ci fu, solo che invece di quella è stata questa.

Sic vos non vobis mellificatis apes.

(Cala la tela).